Rachael

JUVINALL

Direction éditoriale : Jannie Brisseau
Coordination éditoriale : Agnès Besson
Direction artistique : Bernard Girodroux
Maquette : Pascale Cazenave

© Éditions Nathan (Paris-France), 1995

N° de projet : 10038250 - (IV) - 26 - CSBA - 200
Dépôt légal : janvier 1997
Impression et reliure : Pollina s.a., 85400 Luçon - n° 71269
ISBN : 2.09.210618-X

Petites Comptines
POUR TOUS LES JOURS

Comptines de Corinne Albaut, Sophie Arnould,
Françoise Bobe, Claude Clément, Mélanie Erhardy,
Michel Piquemal et Marie Tenaille

Illustrées par Sylvie Albert, Christel Desmoinaux,
Johanna Kang, Jean-François Martin,
Martin Matje, Christophe Merlin,
Danièle Schulthess et Suppa.

NATHAN

Voulez-vous danser avec moi ?

– Chère Madame l'hippopotame,
Voulez-vous danser avec moi ?

– Oh ! Avec joie, Monsieur Zébu !
Mais il est bien entendu
Qu'il ne faudra pas pleurer
Si je vous marche sur les pieds.

Claude Clément

Toc toc toc
Il pleut sur la terre ;
Toc toc toc
Il fait noir et clair ;
Toc toc toc
Tu bats des paupières ;
Toc toc toc
Tu fais des éclairs ;
Toc toc toc
Voici le tonnerre.

Turlututu
Chapeau pointu,
Tontaine tonton
Bonnet de coton,
Tonton tontaine
Béret de laine,
Tralalala
Chapeau de drap.
Qui s'y collera ?

C'est demain jeudi
La fête à la souris
Qui balaie son tapis
Avec son manteau gris,
Trouve une pomme d'api,
La coupe et la cuit,
Et la donne à ses petits.

Le poisson d'avril
Accroché au fil
Derrière ton dos
Avec un p'tit mot
Se moque de toi
Mais tu le vois pas.
Tous les copains rient
Toi, tu ris aussi
Sans savoir pourquoi.
Le poisson, c'est toi !

Michel Piquemal

À la soupe soupe soupe
Au bouillon ion ion ;
Zeille zeille zeille
La soupe à l'oseille
C'est pour les demoiselles.
Zon zon zon
La soupe à l'oignon
C'est pour les garçons.

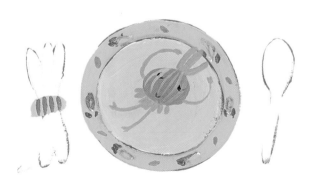

Polichinelle
Monte à l'échelle
Un peu plus haut
Se casse le dos
Un peu plus bas
Se casse le bras
Trois coups de bâton
En voici un
En voici deux
En voici trois !

Les monstres bizarres

Caché sous le fauteuil
Un fantôme à un œil

Tout au fond du tiroir
Un dragon rouge et noir

Tapi dans le bahut
Un loup-garou poilu

Et sous le tabouret
Une sorcière à balai !

Corinne Albaut

Colette

Pirouette

Sur planche à roulettes

Colin

Coquin

Sur patins

Vont à toute vitesse

Et tombent sur les fesses !

Mélanie Erhardy

J'ai mangé un œuf
La langue d'un bœuf
Quatre-vingts moutons
Autant de bonbons
Vingt croûtons de pain
Et j'ai encore faim !

Les nounours

Pattes de velours
Douces frimousses
C'est nous les nounours !

Rond bedon
Oreilles en pompons,
Museau mignon…
C'est nous les oursons !

Ne nous oubliez plus
Dehors sous la pluie
Loin derrière le lit,
Tout seuls dans la nuit !

Rien que des minous
Et plein de mots doux
Pour nous les nounours,
Les nounours en peluche !
Compris, les amis ?

Marie Tenaille

Le lapin

Qui a du chagrin

La fourmi

Qui a du souci

Et le p'tit rat

Qui a du tracas

Ah ! là ! là !

Comment arranger tout ça ?

Roudoudou n'a pas de femme
Il en fait une avec sa canne
Il l'habille en feuilles de chou
Voilà la femme à Roudoudou.

Avec une boîte en carton
J'ai construit une maison
Et dans ma maison
J'ai reçu tous les copains du quartier.

Avec une boîte en carton
J'ai bricolé un camion
Et avec mon camion
J'ai voyagé dans le monde entier.

Avec une boîte en carton
J'ai inventé un nouveau modèle d'avion
Et avec cet avion-là pour de vrai
… un jour je volerai !

Françoise Bobe

Mouille, mouille, Paradis,
Tout le monde est à l'abri.
Il n'y a que mon petit frère
Qui est dans la gouttière
À pêcher des petits poissons
Pour sa petite collation.

Histoire de boutons

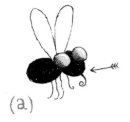

La mouche tsé-tsé
M'a piqué le nez.

La petite abeille
M'a piqué l'oreille.

Le vieux bourdon
M'a piqué le menton.

Monsieur l'aoûtat
M'a piqué le bras.

Et quand j'ai eu plein de boutons,

Le hanneton
M'a regardé d'un air bougon,

La limace
A fait la grimace,

Et l'escargot
M'a tourné le dos !

Sophie Arnould

Drôle de nom

J'ai rencontré
Une grenouille,
Qui s'appelait
Ratatouille .
Drôle de nom
Pour une grenouille,
Mais elle avait
Une drôle de bouille !

Sophie Arnould

À cheval !

Sur les genoux
De mon papa
Au pas au pas
Dans la pampa !

Sur les genoux
De mon papa
Au petit trot
Dans les bois !

Sur les genoux
De mon papa
Au grand galop
Plouf ! Dans l'eau !

Marie Tenaille

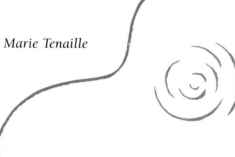

Bonjour, madame,
Comment ça va ?
Ça va pas mal,
Et votre mari ?
Il est malade
À la salade ;
Il est guéri
Au céleri.

J'ai vu sur la colline
Un château en nougatine.
Sur les tourelles en caramel
Se tenaient dix-huit sentinelles.

Dans ce château éblouissant
Vivait un seigneur des plus charmants
Avec une tête de pain d'épice
Et des moustaches en réglisse.
Avec le nez en chocolat
Et…
Une énorme barbe à papa !

Mélanie Erhardy

Do ré mi

La perdrix

Mi fa sol

Elle s'envole

Fa mi ré

Dans un pré

Mi ré do

Tombe dans l'eau !

Un petit chat gris
Qui faisait pipi
Sur un tapis gris.
Sa maman lui dit :
Ce n'est pas poli
De lever la queue
Devant ces messieurs.

Saute-mouton

Saute-mouton
Cache-tampon
Charades et devinettes
Vole pigeon
Shoot ballon
J'ai des jeux plein mon camion.

L'épervier
Les portraits
Marelles et marionnettes
Course en sac
Trucs en vrac
J'ai des jeux plein mon grand sac.

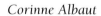

Corinne Albaut

– À moi, à moi !

Cria la mouche sur la souche.

Il pleut sur le bois !

La mouche prit la douche,

La mouche prit froid.

– Atchoum ! dit la mouche.

La prochaine fois,

Je reste chez moi !

Mélanie Erhardy

atchoum !

B onjour lundi,

Comment va mardi ?

Très bien, mercredi,

Va dire à jeudi

De la part de vendredi

Qu'il s'apprête samedi

Pour aller à la messe dimanche.

Voyage après la pluie

Après la pluie d'orage
Je pars en voyage
Avec mes bottines en caoutchouc
Je trottine dans la gadoue

Et flic ! les pieds dans l'eau
Et floc ! c'est rigolo
Et flic ! Et flac ! Et floc !
De sauter dans les flaques !

Mais au fond de mes bottes
Un petit ruisseau sanglote
Mes pieds vont s'enrhumer
Vite, vite au lit… le voyage est fini !

Françoise Bobe

La leçon

« Coin, coin, coin,
C'est le pingouin ? »
« Non Gaspard,
C'est le canard ! »

« Cui, cui, cui,
C'est la souris ? »
« Non Marion,
C'est l'oisillon ! »

« Ouah, ouah, ouah,
C'est le boa ? »
« Non Martin,
Ça c'est le chien ! »

« Et miaou,
C'est le hibou ? »
« Pas du tout,
C'est le matou ! »

La leçon d'aujourd'hui
Est maintenant finie,
Demain nous apprendrons
À compter les moutons !

Sophie Arnould

Sur la place du marché
Un baptême est affiché.
Qui c'est la marraine ?
C'est une hirondelle.
Qui c'est le parrain ?
C'est un gros lapin.
Qui c'est la nourrice ?
C'est une écrevisse.
Et qui c'est l'enfant ?
C'est un éléphant.

Une petite souris
Au bord du ruisseau
Défait sa loupette
Fait pipi dans l'eau.
Une, deux, trois,
Y'en a une, y'en a une
Une, deux, trois,
Y'en a une de trop !

Deux sorcières
Se rencontrèrent
À minuit trente.

Et que se dirent-elles
Ces demoiselles
Si effrayantes ?

Elles se demandèrent :
– Dites-moi, ma chère !
Comment prépare-t-on
Une soupe aux vipères ?

Mélanie Erhardy

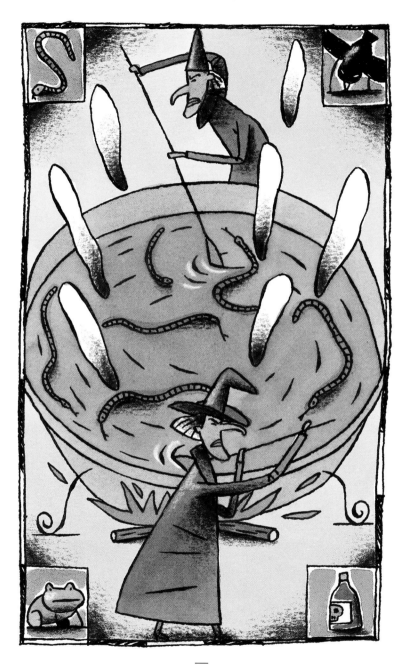

Un et un, deux
Un lapin sans queue
Deux et deux, quatre
Un lapin sans pattes
Quatre et trois, sept
Un lapin sans tête
Et voilà une bête
Qu'a ni queue ni tête.

La bobine de fil

La bobine de fil
File, file
Entre mes doigts.

Très vite elle se déroule
Roule, roule
Sous le sofa.

Elle est partie par là,
Elle ne reviendra pas,
Pourquoi ?
Elle joue avec le chat !

Sophie Arnould

La neige

Blanche neige
Gros flocons
Chauds manteaux
Et gros pompons !

Dans la neige
Il fait bon
Tout est beau
Et tout est rond.

Les clochers,
Les maisons
Ont des glaçons
Sur le front.

Les traîneaux,
Les chapeaux
Ont de la glace
Au menton.

Il fait froid
Gla, gla, gla,
Couvertures
Et feu de bois.

Il fait chaud
Chocolat,
La neige fond
Et ça sent bon !

Sophie Arnould

Un petit bonhomme
Assis sur une pomme.
La pomme dégringole,
Le petit bonhomme s'envole
Sur le toit de l'école.

La grosse bête

Une grosse bêbête
Dans sa cachette !
Elle a de gros yeux
Le ventre creux
Les pattes velues
Des dents pointues
Pour croquer les gens tout crus !

Personne ne l'a vue
Ni entendue
Turlututu !

Marie Tenaille

Au clair de la lune
Trois petits lapins
Qui mangeaient des prunes
Comme trois coquins.
La pipe à la bouche,
Le verre à la main,
Ils disaient : « Mesdames,
Versez-nous du vin
Jusqu'à demain matin. »

Dans la rue des Quatre-Chiffons
La maison est en carton,
L'escalier est en papier,
Le propriétaire est en pomme de terre.
Le facteur y est monté,
Il s'est cassé le bout du nez.

Tricoti-Tricota

La marmotte s'endort
Dans sa maison de neige.
La chouette lui tricote
Un gros pull-over beige.
Le hibou est jaloux.
Il a froid dans ses plumes !
– Écoute cette toux,
Je viens de prendre un rhume !
Et la chouette tricote
Un nouveau pull-over…
Dévide ta pelote,
Petit mouton d'hiver !

Claude Clément

Rond rond rond
La queue d'un cochon
Ri ri ri
La queue d'une souris
Ra ra ra
La queue d'un gros rat

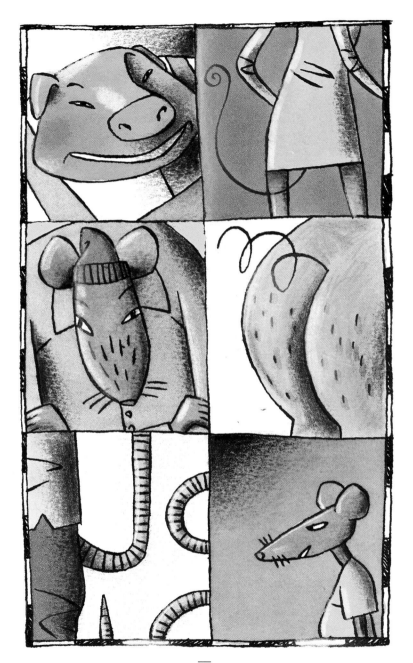

Les nouilles

Le mini ravioli,
Tout petit,
Rikiki,
A dit au spaghetti
Un jour avant midi,
D'aller se mettre au lit
Car il était trop cuit !

Sophie Arnould

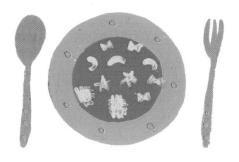

Vent léger

Qui passe sur mon nez
Caresse ma joue
Joue dans mes cheveux
Frôle mes yeux ?
Le vent malicieux !

Qui chuchote à mon oreille
Agite les feuilles
Souffle sur le gazon
Pousse mon ballon ?
Le vent vagabond !

Qui touche ma main
File entre mes doigts
Sans que je le vois ?
Le vent coquin !

Où est-il passé ?
Léger, léger…
Il s'est envolé
Et revient me chatouiller !

Marie Tenaille

Il faut que j'aille
À Calcutta
Chercher du bois
Pour mon papa.
Il faut que j'aille
En Angleterre
Chercher du thé
Pour ma grand-mère.
Il faut que j'aille
À Bornéo
Faire réparer
Ma p'tite auto.
Les amis,
Laissez-moi passer,
Je suis vraiment pressé.

C'est la poule grise
Qui pond dans l'église
C'est la poule noire
Qui pond dans l'armoire
C'est la poule brune
Qui pond dans la lune
C'est la poule blanche
Qui pond sur la planche

Toujours avec moi

Il est rond et bon
Il sent la vanille
Ou le chocolat
Il est à MOI !

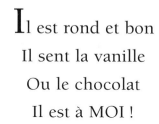

Il est rose et doux
Toujours avec moi
Je ne le prête pas !

Meilleur qu'un bonbon
Jamais il ne fond
C'est mon pouce à moi,
Si bon, si bon !

Marie Tenaille

Un, deux
J'ai pondu deux œufs
Dit la poule bleue

Un, deux, trois
J'en ai pondu trois
A répondu l'oie

Cinq, six, sept
J'en ai pondu sept
Répond la poulette

Huit et neuf
Qu'il est beau mon œuf !

Prends ton parapluie

Prends ton parapluie Julie
Le ciel est tout gris.

Mets ton ciré Barnabé
La pluie va tomber.

Enfile ton anorak Jacques
Flic floc dans les flaques.

Mets tes petites bottes Charlotte
Patauge et barbote.

Corinne Albaut

Un pou et une puce
Qui jouaient aux cartes,
Au jeu de piquet
Sur un tabouret.
La puce a triché
Le pou en colère
Passa par-derrière
Lui tirer le chignon.

En revenant de Saint-Martin
J'ai rencontré trois p'tits lapins.
Un qui pue, un qui pète,
Un qui joue de la trompette.

Un petit moineau
Qui bégayait
Disait un jour :
– Qui-qu'il fait frais
Ce matin-tin
De printemps-temps !
Vi-vivement
Qu'il fa-fasse chaud !

Mélanie Erhardy

Un et un font deux,
Chacun sa chacune ;
Ferme tes deux yeux,
Regarde la lune.
Si tu me réveilles
Ton œil grand ouvert,
Bouche tes oreilles,
Écoute la mer.

La baleine qui tourne, qui vire
Dans son joli petit navire
Elle a tant tourné, tant viré
Que le navire a chaviré.

L'œuf

Une poule sur un mur
S'écrie : « J'ai fait un œuf dur ! »
Le canard dit : « C'est bizarre ! »
Le coq dit : « C'est plutôt rare ! »
Le dindon fait les yeux ronds…
Et le petit hérisson
Emporte l'œuf dans sa maison.

Claude Clément

Rondin picotin
La Marie a fait son pain
Pas plus gros que son levain
Son levain était moisi
Et son pain tout aplati
Tant pis !

Sur le chemin de ma main

Dans le creux de ma main
Il y a trois chemins
J'ai pris celui du milieu

Ça sentait bon la lavande
Que je venais de toucher
Ça sentait même la pomme
Que je venais de manger
Et ça sentait encore le baiser
Que maman avait posé
Avant d'aller travailler

Sur le chemin de ma main
Un petit grain a poussé
On l'appelle grain de beauté

Françoise Bobe

Ploum ! Ploum !
Un petit singe
Lavait son linge
Dans un encrier
Un buvard pour sécher
Ploum !

La semaine

Lundi est dans la lune.
Mardi lui rit au nez.
Mercredi mange des prunes.
Jeudi boit du thé.
Vendredi suce son pouce.
Samedi joue aux dés.
Et dimanche dort toute la journée.

Mélanie Erhardy

Bulles de savon

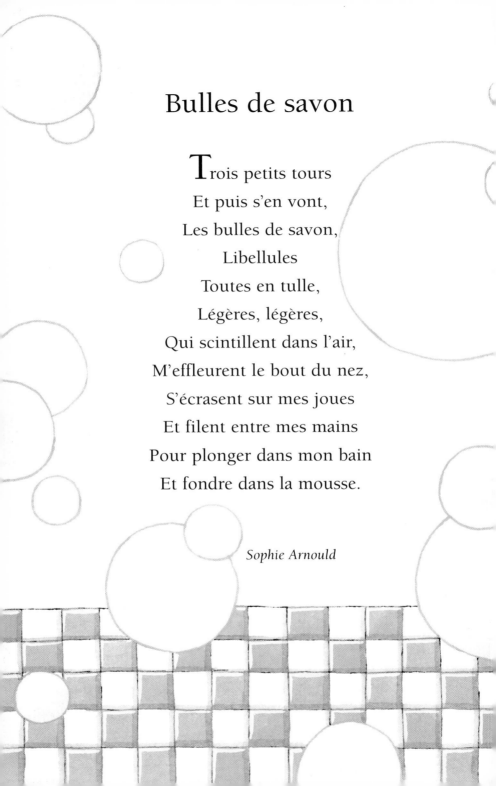

Trois petits tours
Et puis s'en vont,
Les bulles de savon,
Libellules
Toutes en tulle,
Légères, légères,
Qui scintillent dans l'air,
M'effleurent le bout du nez,
S'écrasent sur mes joues
Et filent entre mes mains
Pour plonger dans mon bain
Et fondre dans la mousse.

Sophie Arnould

Sur la route de Châtillon
J'ai rencontré un petit cochon
Je le mets dans mon mouchoir
Il a trop froid
Je le mets dans mon chapeau
Il a trop chaud !

Une aiguille…
Je te pique
Une épingle
Je te pince
Une agrafe
Je t'attrape.

Do ré mi fa sol la si do
Gratte-moi la puce que j'ai dans le dos
Si tu l'avais grattée plus tôt
Elle n'aurait pas monté si haut.

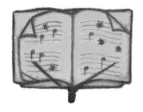

Le magicien

Abracadabra,
Ce fut un poussin
Qui sortit du bain
La première fois.

La deuxième fois,
Ce fut un lapin
Qui bondit tout droit
Dans mon sac à main.

Jamais deux sans trois,
Ce fut un lama
Qui entra chez moi
La toute dernière fois !

Sophie Arnould

Mère-grand

Mère-grand
Tricote en chantant ;
Avec la laine verte
Elle fait des chaussettes,
Avec la laine grise
Elle fait une chemise,
Avec la laine rouge
Elle fait un grand pull,
Avec toutes ses laines
Elle fait des mitaines.

Deux amis

Une petite chouette
A perdu ses lunettes.
Elle bute partout
Et n'y voit rien du tout !
Un tout petit lapin
Lui montre le chemin
Et, la main dans la main,
Ils vont prendre le train.

Claude Clément

Un petit canard au bord de l'eau,
Il est si beau, il est si beau !
Un petit canard au bord de l'eau,
Il est si beau qu'il va tomber à l'eau !

Le loup

Seul sur le quai de la gare
Le loup gris est en pétard
Il voit que le train démarre
Avec son repas du soir
Qui penché à la portière
Fait des grimaces et se marre
En lui montrant le derrière…

Michel Piquemal

Berceuse

Câlin du soir
Quand vient le noir
Pour dire bonsoir !

Câlin, câlin
Pour dormir bien
Jusqu'au matin
Avec son pouce
Et son nounours.

Bonsoir
Petit loir !

Marie Tenaille

Table des Comptines

atchoum !

Comptines des pages 7, 20, 49, 58, 78, 90, 109
illustrées par Jean-François Martin

Comptines des pages 17, 24, 43,
51, 77, 85, 94 et 117
illustrées par Suppa

Comptines des pages 10, 32, 35, 56, 61,
64, 69, 73, 82, 96, 101, 114, 126 et 135
illustrées par Christophe Merlin

Comptines des pages 15, 19, 31, 36, 41,
44, 53, 66, 74, 89, 98 et 118
illustrées par Martin Matje

Comptines des pages 23, 102 et 122
illustrées par Sylvie Albert

Comptines des pages 12, 26, 38, 63,
93, 110, 121, 128 et 132
illustrées par Christel Desmoinaux

Comptines des pages 8, 29,
47, 70, 81, 86, 105 et 130
illustrées par Danièle Schulthess

Comptines des pages 55, 107, 113, 124, 137
illustrées par Johanna Kang